바
람
의

넋

바람의 넋

1판 1쇄 발행	2022년 3월 20일
지은이	송용일
발행인	이선우
펴낸곳	도서출판 선우미디어
	등록 │ 1997. 8. 7 제305-2014-000020
	02643 서울시 동대문구 장한로 12길 40, 101동 203호
	☎ 2272-3351, 3352 팩스: 2272-5540
	sunwoome@hanmail.net
	Printed in Korea ⓒ 2022. 송용일

값 13,000원

ISBN 978-89-5658-693-9 03810

바람의 넋

송용일 시집

선우미디어 sunwoomedia

머리말

시집을 세 권이나 과분하게도 출판하였는데
또 제4권을 내다보니 주책스럽기는 하나
80세 청년이라고들 하지만
그래도 힘에 부쳐 어렵게 잉태한 시들이니
햇볕을 보이고 싶었습니다.
졸시라고 생각되지만 마음을 담았으니
많은 사랑 부탁드립니다

2022. 3.
홍마 송용일

차례

8

3부 세월이 그토록 빠른 것은

1부

늦사랑

지난밤의 이야기

백설이 잦아진 산기슭에
읊조리는 지난밤의 이야기

아침은 시치미를 뚝 떼고 있지만
흔적으로 남겨진 발자국들은
긴박한 이야기를 말을 하고 있다

어느 것은 앙증스럽고
어떤 것은 말굽으로
어느 것은 포효하듯 웅크리고 있다

저렇듯 헤매었을 때는
절실한 욕구와 다급한 절규와
처절한 생존이 혼탁하였으니

그들만의 삶이 아닐진대
우리들의 탁본이니

남겨질 나의 발자국
조심스러운 오늘의 하루

꿈이란

가파르게
뻗어오른 높다란 언덕길
쳐다볼수록 궁금하다

그 고개 넘어서면 다가설 것 같은 환희
마음 가득 그려보는데
머뭇거리며 턱 밑에서 뒤돌아선다

바닥난 인내도 아니고
욕구의 결핍도 아니고
에너지가 소진된 것도 아니다

그 언덕 넘어서면 품었던 그 기대
허무하게 깨어질까 두렵다
미완의 길이이라도
그 꿈 남겨두고 싶어
오늘도 뒤돌아선다

꿈이란
깨고 나면 허무한 것
꾸고 있을 때가 행복하지 않을까

누룽지

탓하지 말자
죄라면 먼저 선택된 것 아니겠어
복조리 시절에는 잣대가 엄격하였다

뒤따르는 녀석들 짐이라고 생각하지 않고
한 솥밥 한 자궁이라고 보듬어
화염에 맞서 고통을 온몸으로 막았다

밥상에 오르는 이밥을 보면서
대견하고 자랑스러워 보람을 느끼니
몸은 누렇게 탔지만 마음만은 흐뭇하다

숭늉으로 온기가 전신으로 퍼질 때
감칠맛 나는 한주먹 사랑으로 다가와
더할 나위 없는 순간의 행복이었으니
누구를 위하여 이 몸 태웠는가
묻지도 말고 자책도 하지 말자

밑거름되어 좌정한 쌀밥
보기만 해도 으슥하지 않느냐
제 몸 또한 별미로 태어났으니

사구砂丘

바람의 언덕
그대를 보고 그대를 향하여 걸었다

오르고 올라
둔덕을 밟고 세상을 보고 싶었는데
그 모습 어제와 다르네

오늘이 변하지 않는 내일이려니
최후의 모습이려니 확신하였는데

오를 때 발목을 부여잡더니
내릴 때는 떠밀다시피 놓아버리네

바람 따라 변하는 그대
내일은 어떤 모습으로
내 앞에 서려나

빙어氷漁

나는 한 마리 빙어氷漁
한 조각 얼음으로 그렇게 살려는데
불려지는 이름이 있어
그 이름 따라 살지 않을 수 없네

겨울이 매섭게 다가서면
순백의 하늘이 열리기 바라면서
한 점 구름도 없는 그 하늘 머리에 이고
속내를 투명하게 드러내고 있다

하늘이 맑으니
몸도 마음도 숨길 것 무어 있겠어
그 세상 나를 보고
나도 그 세상 볼 수 있으니
해맑은 세상

얼음 위를 누비는 잡다한 색깔들
제 몸 얼룩져있으니
서로가 속내를 가늠할 수가 없다

불려지는 이름이 있을 때

그 이름답게 살지 않는다면
맑은 하늘 어떻게 누릴 수 있겠어

겨울 숲 그 골짜기

앙상한 몸짓 사이로
나무들의 말이 얼어붙어 있다

가지들 사이에는
회색빛 묵언默言들이 자욱한데
포근함은 어디서 오는지
따뜻하게 안아주던 할머니
빈 가슴 사이로 바람길 열려도
아늑함이 가득하였다

윗목에는 살얼음이 얼고
콩나물시루에는 고드름이
문풍지 사이로 찬바람이 기웃거렸지

할머니는
품을 내어주었다
가슴은 까맣게 그을었어
몸은 앙상하여도
여윈 몸에는 많은 싹들이
옹기종기 온기를 나누고 있었지

세대교체

삭풍이 불어도
붙어있는 이파리들
물기가 말라 누렇다 못해 까맣다

잡아두는 것 아닌 것 같은데
매달리고 있는 듯

계절이 바뀌었으면 당연히
그 자리 물러나야 한다는 것
자연의 이치 같은데

핏기 잃은 이파리들은
막무가내로
바람길 막고 있다

새싹을 기다리는 듯
훌훌 제 몸 비우려는 나무
자리터 어이 비울는지

生과 死

죽어갈 사람이
죽어간 사람 앞에서
작별을 고하고 있을 때

해넘이 앞에서
붉히고 있는 서녘 하늘을 볼 때
모르는 것일까 알면서 모르는 것일까

밤에 보이는 달
낮달도 그대 모습 아닌가

보이지 않는다고 삶이 아니라는 것
그렇게 믿고들 살아왔으니
숙연해지겠지만
얼굴을 숙일 일도 아니고
마음 아플 일도 아니다
유와 무 그 경계에서
보이는 자연의 일상日常이려니

떠오르는 무위無爲
눈앞에 있을 뿐이니

거리에서

혹시나 아는 사람이라도 있나
두리번거리는데
바쁘게 걸어가는 거리
뒤처진 마음으로 무작정 걷고 있다

쇼윈도 그림도 보고
악사樂士의 리듬도 주워 담으며
유유자적悠悠自適 걷고 싶은데 밀려서 간다
어깨를 부딪치며

저렇듯 바쁜 저들
한숨 쉬어가면 어떠랴 싶은데
빤짝거리는 신호등
삶을 한 박자 늦추어진다

고요가 머물고
강제되지 않는 신호등
마음속 어디엔가 있어야 하는데

늦사랑

사랑이 무엇이냐고 묻는다면
눈물의 씨앗
아니 정情보다 더한 슬픔이라는
그 노랫말이 생각나지만
알듯 말듯 벙어리같다

삶의 끝자락
설금설금 스며드는 느낌
애틋함이 묻어오네

이것이 사랑일까 갸웃거려지지만
그렇게라도 때늦어 느껴지니
늦사랑이라고 부르고 싶다

망팔望八에
철이 든다고 생각한다면
눈살 찌푸릴 일도 아니지

쉰 해를 누벼온 한 이불 삶이지만
느낌이 다르다면
情이 아닌 사랑이려니

하늘은 멀리 있지 않아

야위어 가는 숲
단풍보다 낙엽이 많고
낙엽보다 가랑잎이 많다

무성하였던 잎들은 하나둘 떨어져
세월 앞에서 뒹구니
숲은 품속이 허전하다

앙상한 갈비뼈
그 사이로 보이는 빈터
자세히 보니 여기저기 하늘이 다가서네

위만 쳐다보았는데
하늘은 앞에도 있고 옆에도 있네

몸을 비우니 이렇듯 가까운 하늘
마음을 비우면
내 몸 안에도 있겠지

단풍이 아름다워

단풍이 미치도록 아름답다
막幕을 내리는 무대마다
저렇듯 아름다울까

서산을 기웃거리는 노을
단풍은 무슨 생각을 하는지
제 모습이 아름다운 줄도 모르고
넋이 빠져있다

눈이 미치고
마음이 미치고
몸이 미치는
너의 속을 들여다보는 나

낙엽이라 불릴 때
걸음걸음 밀어密語마다
또 미치는 순간 앞에서

네가 나를 알고
내가 너를 아니
너만이 아름다워질 수 없지 않느냐

가랑잎 소리

오솔길에 쌓인 가랑잎
밟으니 포근하다

느낌보다
시끄러운 소리

그 소리
탓하지 말자

떨어져 죽어도
밟힐 때
짹소리는 해야지

그대 밟힐 때
한 소리 할 수 있을까

그네를 타고 보니

굴참나무 하나 숲속 빈터에서
줄 그네를 목에 메고 있다

또래의 나무들은 어깨 아래 즐비하고
하늘은 막힘없이 구름뿐인데
굽어보는 개천은 발치에서 목을 적신다

그네에 매달렸던 아이들
그 목소리 소란스럽게 누빌 때
동심은 솟구쳐
뒷모습이 사라지기를 기다렸다

흔들거리는 그네
호기를 부려 타고 보니
개천이 움직이고
숲이 흔들리고 구름이 요동을 친다

그넷줄 하나에 요동치는 구름
그넷줄 하나에 움직이는 개천
그넷줄 하나에 흔들리는 숲

내 손에서 논다고
오만이 극치에 달하는 순간
몸이 뱅글뱅글 돈다

흔들리고 있는 것은
그들이 아니다
나 자신인 것을

내 영혼이 외로울 때

나는 영혼이 외로울 때
숲길을 거닐어 본다

나무의 영혼과 들풀의 영혼과 살아있는 모든 숲의 영혼과
돌의 넋과 사목死木까지 의식 없는 그들의 넋 앞에서
살가운 대화는 눈웃음을 쳐 흐르는 시간이 저물어있다

누구가 누구인지 무엇이 무엇인지
내색을 하지 않아도 묵언默言은 대화이니
발걸음 사이로 수다스럽다

회자정리會者定離 어디서 만난 적 있는
어디선가 헤어졌던 우리들
이렇게 또 만나다니

영혼이 외로울 때
우리는 하나이기에
오늘도 숲속을 걷는다

단풍이 낙엽 되니

우수수 떨어지니
측은한 느낌 슬퍼하지 말자

밟고 보니 정다운 속사임
바닥도 아름답고 귀도 즐겁다

사랑했던 소리도
외로웠던 넋두리도
걸음걸음 일깨워준다

단풍은 아름다워도
눈만 즐거웠을 뿐
마음의 소리 듣지 못하였다

서러워하지 말자
낙엽 밟는 소리
그리움에 젖어 드니

하고 싶은 말은

하고 싶은 말은
하늘을 쳐다보더라도
상념 속에 잠기듯
구름 위를 보자는 것이지

다시 말해 꽃을 보더라도
보기보다 두 귀로 들어보자는 것이지
하는 말이 있으니
무엇을 그리워하는지

흐르는 음률을 들을 때도
그 색깔을
그 맛을 보자는 것이지
소리에도 생김새가 있으니

그림 앞에서도
조각 앞에서도
혼과 더불어 이야기하자는 것이지

한마디로 시를 읽을 때
전하는 말이 있으니

말의 뼈다귀를
말의 씨를 찾자는 것이지

낙엽 밟는 소리

우수수 떨어졌으니
하고 싶은 말 이제 입 밖에 내고 싶다

푸른 시절 바람 때문에 목소리 엄두도 못 내었고
단풍시절 맵시 낸다고 몸단장만 하였지

칠순七旬이면 무치無恥라고 하나
팔순八旬에 이르렀으니 속내를 보이고 싶다

밟지를 말라 낙엽 밟히는 소리
내 마음의 소리니

경상도 영양에 가면

꽃 진 자리 꽃이 피는
꽃보다 더 밝게 웃는

경상도 영양에 가면
이맘때 하나같이
이랑마다 태양은 질 줄 모르고

세월은
늙어가기보다 익어가는 것
그 말 대변하는

푸른 세월
아쉬워하지도 않고
품속 가득 금돈만 헤아리니

늙은이 주름 사이
이랑인 듯 붉디붉어
홍안이 다시 찾아드네

갈대, 네 앞에 서면

네 앞에 서면 부끄럽다
지조가 없다고 노래한 것이지
모자라 흔들리는 존재로 알았다
바람이 지고서야 흔들리는 것이 아니고
흔들려 주는 것이라는 것을 알았어
되돌이하는 너의 모습
꺾으려 안간힘을 쓰던 바람도
제바람에 지쳤으니
봄, 여름 가고 겨울이 되니
푸르름을 잃어 만상은 초췌한데
은빛 날개로 세월을 노래하는
그 자태 고고하기만 하다
제 몸 꺾는 갈대를 보았나
시간 앞에서 안색만 바꾸는
그 삶을 변하는 마음이라니

이제 보니 나의 멘토
황혼에 어리바리한 나를 본다

깨닫고 보면 지난 시절

해답은 언제나 반대쪽에 있다
캄캄한 방에 들어서니 있었던 곳이 빛의 세계라는 것
밝은 곳에 나오니 어두움은 그림자로 제 모습 숨기고
높지 않아 보여도 막상 올라가면
선 자리 어딘지 가늠이 어려워
불안하기도 하지만 안하무인 눈을 깔고 무시하기도 하니
어둠 속에서도 불행 속에서도
적응은 살만하다 느끼게 하지만
부자유스러울 때 비로소 그때가 자유로웠나 생각하고
행복한 순간이 언제였나 생각하면 불행한 지금이니
무엇이라 소리쳐본들 공감은 먼 거리
둥지에서 나와 뒤돌아볼 때 요람인 것을 알게 되듯
깨닫고 보면 이미 지나간 시절

낙엽 한 장 떨어져

바닥에 떨어진
낙엽 한 장
발걸음을 멈춘다

순간
자각自覺은 일어나고
글자가 다가선다

작별의 인사다
여름을 보내는

아니 환영의 인사다
가을을 맞이하는

밟히고 보면
낙엽이라 하지만
읽고 보면 엽서가 되네

수준水準만큼 누리나니

메뚜기 한 마리 길 앞을 막는다
가까이 다가서니
포르륵 날으네

나는 거리는 발치 앞
다가서기도 전에
또 난다

저 멀리 날 것이지
얼쩡거리기만 하다니

생각해보니
그것은 날개 탓
몸가짐만큼 찾는 자유다

행복도 자유도
누리는 자의 수준

누구 탓도 아닌
오늘의 현실은
자초한 우리들의 수준

그대 꽃이 되느니

나는 그대를 보고
꽃이라고 생각하지 않습니다

잔영殘影이 있어
그대가 꽃이라 생각합니다

꽃이 아름답다 하지만
그대를 생각하니
꽃이 더더욱 아름답습니다

그때가 아름다웠다
그렇게 생각하는 것은
추억으로 자리한 까닭입니다

보는 꽃보다
보이지 않는 꽃이 아름다운 것은
저 멀리 있기 때문이니

언젠가 멀어지려니
멀어지고 나면 그리워지려니
그 꽃 아름답다 말하려니

언젠가 떨어져
남겨지는 글이 된다면
읽어주는 이 있으려니

자화상

거울 앞에 서니
어디서 본 듯한 사람 저놈이 그놈입니다

모르면서 아는 척하고 없으면서 있는 척하는
바로 그놈입니다

편을 갈라 상대를 난도질하는
남의 이야기는 듣지도 않고 자기 말만 하는
안하무인인 바로 그놈입니다

점잖은 척하면서 속으로는 호박씨를 까고
제 눈의 늘 보는 보지도 못하고 남만 도마 위에 올리는
바로 그놈입니다

자기에게는 무한히 관대하고 남에게는 야박한
은근히 가진 것 과시하면서
지난날 자기 자랑만 늘어놓는 바로 그놈입니다

남이 잘되는 것 싫어하고
사촌이 논 사는 것 배 아파하는
바로 그놈입니다

가끔 거짓말하면서
자기가 한 말 곧장 잊어버리는
시침이 뚝 떼는 철면피 바로 그놈이오니

하느님
외롭고 쓸쓸한 지금
제 잔이 비는 사유를 알게 하소서

알고 보니 이제는

알고 보니 이제는
아는 사람보다
알았던 사람이 더 많고
볼 것보다 보았던 것이 더 많다

알고 보니 이제는
듣는 것보다 들었던 것이 더 많고
먹고 싶은 것보다
먹었던 기억이 앞선다

사랑했던 추억만 또렷한 지금
앞을 보니 삶이란 짧기만 하고
뒤돌아보니 아득하기만 하다
남겨 놓을 것도 없지만
남겨 놓은 것도 없다

세월은 흘러봐야 알듯
삶이란 살아보니 삶이 되네

자스퍼

기암절벽으로
파도치는 록키산맥 한자리
그대 자스퍼

님이여
베일을 더이상 벗지마소서

그대 장엄함을
그대 경외로움을
느끼고 알았습니다

울분으로 가슴 북받쳐
거품을 물고 하강하는 모습
거칠고 험해도

탓하지 않습니다
님이여 이제 그만
베일을 더 이상 벗지 마소서

미 투 ME TOO

오솔길이 화사하다

호객을 하듯
다투어 웃음을 흘리는 찔레꽃
벌들이 정신없이 꽃 속을 누빈다

이 꽃 저 꽃 두루 다니며
단 꿀을 빨고 있어도
그 꽃 온몸으로 웃고 있다니

그 많은 가시들
어디다
감추었는지 보이지도 않는다

앙금이 없는 만남
꽃 같은 꽃들의 이야기

이렇듯
행복한 미투ME TOO도 있다니

뒤돌아서 멀어져 가도

발목을 잡을 듯
찔레꽃 향기가 은은하다

넝쿨만 하늘을 노래하니

한 그루 소나무
척박한 땅을 딛고 높이 솟아있다

하늘 아래 돋보이려
각고 끝에 이룬 늠름한 모습
모두가 우러러본다

어둡기만 한 하늘
넝쿨이 햇볕을 가리니
그늘이 지고
바람에 흔들리기만 하네

잎만 무성하게 나풀거리면서
하늘을 노래하는 넝쿨
홀로 세상을 독차지하고 있다

저 큰 소나무
하늘에 오르겠다는 일념으로
제 몸을 키웠으나

넝쿨이 남의 몸 올라타고

만세만 부르니
하늘의 노래는 그들만의 몫인지

담쟁이

푸른 하늘 위
오르려면 못 오를 리 없다

바닥에만 붙어서 사는 줄 알지만
제 몸 키우지 않고도
하늘에 오르는 것 벽도 나무는 안다

빌붙어서 살아도
목소리만 크면 하늘에 오르는 세상

나풀거리는 것은 잎뿐이니
바람 따라
나팔만 불면 되느니

벽도 나무도 제 몸 키워본들
얼굴 하나 보일 수 있더냐

2부

싸리꽃 피는
그 길 따라

싸리꽃 피는 그 길 따라

싸리꽃 피는 그 길 따라가니
숲길은 꽃길이 되네

싸라기 같기도 하고 좁쌀 같은 꽃들
앙증맞게 합창을 한다

꽃송이 작아도 무리를 이루니
한 그루 나무가
커다란 꽃송이 되는 것을

한마음으로 부르던 낯익은 합창
아직도 귀에 쟁쟁하다

잘살아보세, 잘살아보세
우리도 다 함께 잘살아보세

모두들 힘을 합쳤지
맨손이라도 저마다 손을 보태었어

땀방울은 꽃이 되었지
한 송이 무궁화로 꽃은 피었어

대머리

바람의 날이었다
모진 하루에
지붕이 맨살을 펄럭거린다
비라도 오면 어이할까
정수리에 생살을 덧대고 돌아서니
한숨 놓이게 된다
세월은 바람이었다
순애야 너도 한때 바람이었다
수길아 너 역시 바람이었다
빤질거리는 대머리
가리고 싶은 생살
세월 앞에 노을이 유난히 밝다
가발을 벗으면
달빛이 빛나고
별들이 빤짝이겠지

한 발치 멀리서

저 멀리 보이는 것
다람쥐 같기도 하고 참새 같기도 하다

눈을 떼지 않고 응시하는데 미동조차 하지 않아
궁금한 발자국 가까이하니
한 그루 그루터기 나무의 흔적이다

밀려오는 순간의 허탈
내 안의 자각自覺이 선다

바라보이는 것 보이는 대로 그대로 두자
간격은 아름다운 것이니

미완의 세계가 언제나 모자라듯
채워주는 맛도 있는 것이니
끝장을 보려 하지 말자
한 발치 멀어져 보면 풍경이 되느니

아명兒名

죽마고우가 보고 싶어 전화를 걸었다
대답 없는 긴 신호음
우리는 태평양을 끼고 멀리도 있어
다급한 마음에 메시지를 보낸다
호칭을 뭐라고 할까
형이라고 쓸까
아니면 회장이라고 할까
망설이다
아명을 부르기로 했다
길상아!
그렇게 쓰고 나니 한층 가깝다
얼굴이 떠오른다
팔순 노인도 아니고 회장 모습도 아니다
까까머리 개구쟁이
불알을 내어놓고 미역 감던 그놈이야
아하 오줌싸개 그놈이야

멍 때리기

내 영혼 쉬고 싶을 때
어이 하나
멍하니 바라본다

풍경 앞에서
눈을 열고 마음만 보니
초점은 사라지고

흐르는 음률에
귀만 열고 마음만 들으니
흐릿해지는 상념想念

보이는 대로
들리는 대로
마음만 열어두는 것

영혼이 쉬는 것은
멍 때리기
못 박지 않는 초점이니

바람 앞에

물결 앞에
마음만 열어두는 것

불귀리不歸里

불귀 불귀 불귀리
소쩍새 울어새는 이른 봄
아지랑이 피는 마을

지인知人들 이름 하나 둘
봄바람 치는데
귀촌 소식이 귀 설지 않다

호명呼名은
어디서나 긴장緊張을 부른다

익숙한 이름들
뒤따르는 생각은 그다음 이름

불리지 않는 이름에
안달하였던 지난 시절도 있었지만
불릴 이름에 불안한 오늘이다

이제 낯익은 장소에는
하나 둘 낯익은 이름들이 사라지고

낯선 마을에는
낯익은 이름들이 즐비한

그곳은 불귀 불귀
아지랑이 피는
불귀리不歸里 마을

마음과 몸 그 간격

한세월 넘긴 듯한 아주머니
내 앞을 앞지른다

앞선 걸음에 심사心事가 뒤틀려
반작용처럼 일어나는 내 안의 나
속내가 부끄럽다

채근을 하여도
말을 듣지 않는 몸
총기가 둔해진 지 오래다

멀어져 가는
그녀와의 거리는
몸과 마음의 간격

존재의 위치가
마음 쪽으로만 기울어가는
유체이탈幽體離脫
마음의 행로는 어디인지

사후死後 마을

삶 끝 마을에는 고요가 자욱하다
평온해 보이는 그들
하늘을 반듯이 누워서 보다니

누리고 싶고
사랑하고 싶었던 이승의 그 이름들
오롯이 명패에 새겨져 있다

한 자락 땅으로
비로소 허리를 펴고 있으니
어려운 것도 아니었는데

미련이란 모두 부질없다는 듯
욕심 없이 해를 나누고
달을 보고 별을 헤아린다

이제야 무아가 된 듯
모두들 살만하냐
묻기만 한다

이 봄에 프리징 라인이라니

봄이거니 무심코 내렸다가
얼어붙은 빗방울들 황당해한다

어디선가
들여오는 벚꽃 소리에
나 또한 마음을 열었다가
입이 얼어붙었으니

하늘 목소리에 익숙한 그들
땅이 이따금
살벌하다는 것 왜 몰랐을까

햇볕이 더하면
전들
그 마음 풀지 않을 수 없겠지만

변덕스럽게
오기傲氣는 왜 부리는지
한 길 땅속 마음은 알겠는데

그늘

그림자가 부럽다
햇볕을 먹고 살기는 매한가지인데
누구는 이곳저곳 싸 돌아다니면서
그림자라 이름하며 자유스럽기만 하다
다 같이 주인에 빌붙어 사는 주제에
피부 색깔도 다를 바 없는데 못 본 척하다니
오뉴월 햇볕 아래 정수리 따가우면
언젠가 찾아들겠지
우리가 어디 남인가

빗방울

떨어져야 한다는 것
부서져야 한다는 것
진작 알았습니다
바다는 꿈이었으며
호수는 바램이었습니다
흘러야 살 수 있다기에
어이 흘러야 하는지를
때늦어 알았기에
무거운 몸 어렵사리 떨어졌습니다
아픔이 없는 여정은 없습니다
떨어진 곳이 산이라도
아니 들판이라도
흐르는 것은 우리들의 본능

코스모스

기다렸습니다
목이 빠지도록 기다렸습니다
봉선화 물을 들이며 꽃 시절 꽃이 되려나
하늘 높이 기다렸습니다
무료하다 지친 나날 우체통을 붉게 그리며
환하게 다가설 햇볕에 귀를 기울이었습니다
무엇을 보았는지 무엇을 들었는지
머리로만 보는 일상은 무거웠습니다
아이들이 자라고
아이들이 아이들을 낳고
제 갈길 가는지도 지켜보았습니다
이제 허리 굽은 키다리 모습
바람 탓이 아닙니다
시절 탓도 아닙니다
알고 보니 삶이란 목이 길어지는 것
때는 석양입니다

벽

겉만 보시지 마시라
한 치 양보도 없다고 손가락질하다니
거부하는 것이 아니고 보호하는 것이니
보이지 않는다고 품속이 엷다고 생각하는지
바깥만 보는 사람들 그들만의 생각이지
널따란 품을 담쟁이는 잘 알아
기대고 올라 속내를 들여다보느니
벽이다 싶으면 쳐다보기보다 들여다보는 것
품는다는 것이 겉보기보다 어떻게 다른지
허물어지는 벽은 가슴에 못으로 박혀
영광은 상처로 남을 뿐
깊이는 상흔이 되어 골이 되는 것
허물기보다 들여다보는 것이 바람직한데
한때는 넓은 가슴이 아니던가
벽이란 다른 말로 보호라는 것
뒤돌아보면 알게 되려니

제자리

흐르지 않는 강물은 없다
산 여울도 시냇물도 흐르기는 마찬가지
제자리 지키며 놀고 있는 물고기를 본다
눈 챙이 만한 물고기 미물이라지만
가진 것은 지느러미 하나
삶이 분주하기 짝이 없다
쓸려 내려가나 싶으면 다시 오르고
너무 올랐다 싶으면 물에 몸을 맡긴다
세상사 강물 아닌 것이 어디 있으랴
아버지는 아버지같이
어머니는 어머니같이
자식은 자식으로서 공인은 공인으로서
모두가 제자리가 있으니
부족하다 싶으면 다시 채우고
과하다 싶으면 몸을 비우며
지킬 수 있는 한계를 스스로 알아
자리매김을 할 수 없는지

회안悔顔

꽃송이들이 속앓이를 보인다
엉거주춤 핀 듯한 모습
웃지 못해 미안하다는 듯 서먹한 얼굴이다
주먹만 한 빗방울 버티며
지난밤 모질게 이를 악물었으리
꽃 이빨이 숭숭하다
피어야 한다고 다지고 다진 마음
비가 개니 계면쩍게 입을 열고 있다
할 말 못다 해 보이니 앞서는 연민
아쉬워도 위로하고 싶다
한 세상 활짝 웃고 싶은 마음
누군들 없었겠어

산 여울

꼬리를 감출 때 여운이 길다
산 여울도 다름이 없으니

휘돌아가 다시 대하면
더없이 반가워
흘렀던 이야기 묻게 된다

숲속 빈터 이야기도
몸부림쳤던 웅덩이도
물속 지느러미들도
회포를 풀어보는 이야기

세상은 숲이려니
어렴풋한 그리움 앞에서
유년의 얼굴 마주하니
세월이 하얗다

많은 이야기 물어 보채니
走馬燈 같은 旅程

보험

매달 통장을 열어보면
얄미운 얼굴
빚진 것도 없는데
假定을 전제로 좌정하는 놈
유비무환이라며 협박을 하고 있다
뒤돌아보아도 허탈하기만 한
덕을 본 기억도 없는데
후일을 앞세우니 아리송하다
눈 뜨고 산다고 생각하였으나
당한 흔적뿐
사람들 약점만 노려
합법적으로 갈취를 하니
날이 갈수록 억울하기만 하다
코 빼먹는 놈 따로 없으니
지옥을 담보로도
공갈을 칠 것인지
비정상의 정상은 아닌지

분수噴水

솟구치는 분수를 본다
바람 따라 출렁이니
나래를 피는 분무
함께 용솟음쳐도
저마다 높낮이가 달라
물안개가 자욱하다
더러는 색깔을 낳아
오색이 빛나는
아름다운 무지개
태어날 때 고고의 聲
그 울음 비슷하지만
울림은 서로 달라
세상의 빛이 되는 어느 뉘
그 빛 눈앞에 선하니
한 점 색깔이고 싶은 하루

세월의 역류

시속 100킬로가 밀쳐낸 풍경들
가까이 보았을 때 미쳐 보이지 않았네

저 멀리 먼 것들만 풍경이라 다가서니
지난 삶이 내 앞에 선다

망각은 세월의 속도
생각들이 되살아난다는 것은
시간의 뒷걸음질
생각이라도 젊어지네

그 세월도 바람에 날릴 듯 주마등 같으나
머리털 한 올마다
되살아나는 역류의 세월이네

허공을 품고 살았어

큰 소나무 한 그루
토막이 되어 뒹굴고 있다

입을 벌리며 몸속을 환하게 비추는 구멍
허공이 살고 있었네
평소 늠름하게 자리하며 푸르게 서 있었는데
버혀지고 나니 속내를 보인다
모든 것 겉치레였어
그늘을 주고 아이들과 잘도 어울려
그네도 태워주었는데 속은 텅 비었던 거야
속앓이를 앓고 있었던 거지

속으로 우는 울음은 눈물이 없다는 것
껍데기는 세월의 흔적만 아니었어
안은 자리를 지키며 가지를 치지만
먹여 살리는 것은 껍데기였네

안이 텅 비어도 살아온 그 모습
뒤늦어 안쓰럽다 하지 않을 수 없네

적폐청산

눈이 또 내린다
첫눈이 내렸을 때는 신선했다
잡다한 색깔들 하얗게 일신하니 속까지 시원해
가슴을 펼치고 그 풍경 마음껏 즐겼다
거듭되는 눈
또 내리니 지겹다
짜증이 난다
내리는 눈 치우지 않을 수 없고
허리도 아프고 피곤하다
하얀 눈들이
제 얼굴 때를 묻히는데도
또 내리니 어쩌잔 말인가
갓길에 쌓인 눈들 더럽고 추해
이제 보행도 힘든데
또 내리다니

지진地震

한 마리 야생마 길들이기까지
그 몸 투덜거릴 때마다
많이도 떨어지고 넘어졌다

사랑을 나누던 반려견도
가끔 야성을 드러내며 스치는 사람도
주인도 물지 않더냐

타산지석
그토록 배우고 닦은 인간들도
완장을 차면
그 야성을 버리지 못하고 있으니

두려워하지 말자
야성도 세월 앞에서는 길들어져
살만한 세상이 오려니

하늘은 옆에도

나무의 각선
눈길을 미끄러 올리니
우듬지 난간은 하늘
결실은 하늘이었어
밑을 바라보니
한낱 점으로 보이는 몸통
내면은 원들의 파장 삶의 파동이다

기나긴 고독의 직립
우듬지 난간은 경쟁의 산물
날갯죽지 아래 웅크리고 있는 공간이거늘

하늘이 위에만 있다고 착각한 나무들
몸을 비우니 간격이 그들을 낳네

하늘은 옆에도 있으니
세월이 흐르면 낳는 여백인 것을

나의 꿈 그대에게

앞서가는 그림자를 본다
해가 등 뒤로 많이도 기울었다는 것이니
삶의 발자취를 보이고 있다

아쉬움이 가득하네
뒤돌아서면 못다 한 일 마무리 할 것 같은데
돌이킬 수 없는 여정
설익은 삶일지라도 따라가지 않을 수 없네
체념으로 덧칠하는 여생에서
그 그림자 밟고 간다

발자국마다 서린 회한으로
살아온 갈림길이 눈에 선한데
순간의 선택이었다고
자책하는 유리 벽을 마주하니
눈부시게 해가 솟구치네

허상일지라도 기대어보고 싶다
나의 꿈 그대에게

그대 마음은 호수요

꽉 다물었던 입
봄이라며 헤 슬피 웃는다

지난여름 잎은 무성하였고
가지는 어지러워
그대 모습 제대로 보지 못하였다

가을 또한 활활 타올라
갖가지 색깔들에 뒤엉켜
힐끗거리는 모습만 보았을 뿐

눈보라 칠 때도
차갑고 을씨년스러워
내 몸 가누느라
참모습일랑 엄두도 못 냈다

산들바람이 부니
살랑이는 물비늘이어라
물찬 제비 따라
하늘을 날으려 하네

자작나무

해맑간 얼굴이다
모진 겨울 버티다 보니
성한 곳 없이 살갗이 텄다

그 꽃말은
당신을 기다린다는 뜻

그대 누구인지 알 수 없으나
자기 몸 바친다는 것이니

마음이 맑아
속살까지 환하다고 하여
한 잔의 차로
제 몸을 울구었으니

마실 때마다
자작자작 타오르는 마음

아궁이 앞에 앉은 모습은
어머니 나의 어머니

화마火魔

불도 손안에 있을 때 고맙다
그 손 떠나고 나면 망나니
제 마음대로 춤을 춘다
칼춤보다 무서운 불춤
바람이 길잡이가 되느니
조기에 차단할 일이다
열도 과열되면 불이 되느니
마음속에도 불이 있어
달아오르면 머리로 간다
검은 것은 가연성이 강해
뚜껑이 열리면 불이 붙는다
촛불보다 더한 화마가
설마 앞에 도사리고 있다

바람 그 고발

찬 바람이 분다
그래도 걷고 싶은 것은 보고 싶어서이다
억새가 어떻게 흔들리는지
메마른 가지들이 왜 흐느끼는지
여울이 얼마나 대신 울어주는지
바람이 그 소리 앗아간다 해도
남는 소리 있지 않을까
얼음 밑바닥을 들여다본다
입을 꽉 다문 물뼈다귀들
말문이 막히도록 여백餘白이 없네
눈발이 흩날리며 사선斜線을 긋고 있다
분분히 날리는 설화雪花들
묵언默言이지만
분명 고발告發하는 것이니
바람의 존재를 알리고 있다

소금 그 자각自覺

누구인지 모를 때 답답하다

물기는 자취를 감추어
싸늘하게 남겨진 찌꺼기
얼음인 듯 차가워 벗하기 어렵네

어쩌다 아울고 보니
모두가 다가서네

사유인즉 저들도 제맛을 북돋우기 위해서라지
그 맛 시간이 흘러도 변하지 않으니
존재의 까닭은 나에게 있기보다 주위에 있는 것

자신이 누구인지 알려면
스스로 묻지 말고 벗들을 쳐다볼 일이다
그들이 얼마나 제맛을 더하고 있는지

입춘立春

세우고 싶다
하루를 세우고
봄을 세우고
자신을 세우고 싶다

한 달을 세우고 가정을 세우고
일 년을 세우고 사회를 세우고
평생을 세우고 나라를 세우고 싶다

세우기에 앞서 무엇인가
들어오지를 않네
立春보다 入春 아니 回春

배에 힘이 없으니
허리가 굽어지네

이음쇠

직선과 직선 사이 그들이 아우면
때로는 곡선도 될 수 있다
산허리 굽어가는 기찻길
후미진 산모퉁이도 몰고 간다
그들이 굽어갈 수 있는 것은
보잘것없는 연결핀
곡선으로 이어가는 이음쇠
굽이 돌아 목적지에 가느니
뒷모습도 뒤돌아볼 수가 있네
나는 내 갈 길, 너는 네 갈 길
올곧게 제 갈 길만 고집하지만
목적지에 안착할 수 있는 것은
존재감 없는 이음쇠
민초의 목소리
스스로 제 위치를 자각할 일이다
시대에 기여하는 연결핀이라는 것을

지퍼ZIPPER

이빨을 드러낼 때는
웃음도 증오도 묻어난다
자켓을 입을 때나 부츠를 신을 때
보이는 이빨들
왼쪽에도 있고 오른쪽에도 있다
그 톱니들
서로를 잡아먹을 듯 으르렁거리지만
지퍼를 올리니 단합된 일체
하나란 그렇게 어려운 것 아니네
오른쪽 왼쪽
도사리고 있는 그 이빨들
서로를 아우니 하나가 되는 것을
올려야 하는 지퍼ZIPPER
그 못 누구에게나 있다
분열은 내릴 때 있는 것이니
상대를 인정하며 추겨줄 일이다

돌아가셨습니다

요단강은 낮은음자리
한 송이 장미꽃을 놓고 나니
문패 하나 생겼다

삶과 죽음
그사이 햇살 한 자락도 눕지 않는 門
돌아가셨습니다

그 말 되새겨 보니
돌아갈 곳이 있기는 있는 모양이다

금의환향錦衣還鄕인지
꽃들이 즐비하다

황망한 부고장 돌려주고 싶은데
수취인 주소가 없네

3부

세월이
그토록 빠른 것은

씨앗 한 알 보잘것없어도

씨가 된다는 그 말
곱씹을수록 움찔해진다
겉보기에는 눈도 귀도 없고
손발조차 없어 무기력해 보여도
바람을 부려 제 몸을 날리고
물 따라 제 갈 곳 흐르고
새도 동물도 바라는 곳 옮겨주니
마음만 먹으면 활착은 어디든지
마음대로 모든 것 주무니
갖출 힘 무엇 필요할까
수천 년 시간을 이기고도 제 모습 보이니
말이 없다고 속조차 없는 것 아니다
씨앗이 두려운 것은 누구든 마음속에
씨앗을 품을 수 있다는 것이니

一月이란

一月이란 백지 같은 것
무엇을 그릴까 주저하는 사이
나도 모르게 날짜들이 찍히고

이월 삼월 그 세월 따라
봄이다 여름이다 그렇게
배경은 바뀌어 가려니

막연한 구상으로
봄을 맞으며
씨앗을 뿌리기는 뿌리는데

여름 한 철을
어영부영 지나다 보면
무엇을 건질까 바라보는 가을

뒤돌아보면 미완성의 그림
빈 쭉정이
빈손으로 겨울을 맞을까 두렵다

이렇듯 生의 겨울도 다가서는데

새해 아침

재야의 종소리가 꼬리를 감추는데
새해를 알리는 여명이 얼굴을 내민다

하얀 머리를 추켜들고
한 해를 시작할 때는
마지막일지도 모르겠다 생각하는데

일시무시 始無始 일종무종 終無終
시작이 없는 시작이고 끝이 없는 끝이라네

그 가운데 누군가 있어
시작과 끝을 보겠지 생각하니

이별을 이별이라 하지 말자
슬프다 생각하지 말자

다가설 것은
만남이고 기쁨이려니

원으로 가는 편지

여보게들
2017년 마지막 달 마지막 주말이네
그간 소식 전하지 못하였네

자네들 간 지 5년이 지나고
10년이 넘기도 하였지만
별로 할 말이 없네
그러나 하고 싶지 않은 말은 있어

배가 뒤집어지고 정권이 뒤집어지고
땅이 꺼지고 흔들렸어
지금은 핵전쟁이 난다 안 난다 하네

세상살이는 그렇고
궁금한 것은 나의 일상이겠지
어제가 오늘 오늘이 어제 같다네

먼저 간 것 안타깝지만
따지고 보면 별것 없다는 것이네
사나 죽나 매한가지
어차피 우리들이야 열외자이니

폭설暴雪

많이도 왔다
집 도랑 여기저기
오가는 길 겨우 치웠을 뿐인데
허리가 아프다

이들이 모두 하늘에 올라
제 몸을 세탁하고 내려왔으니
무거운 짐 졌던 하늘이
먹구름 졌던 사유를 알겠다

여전히 찌푸린 하늘
비워야 할 것들이 아직도 남았다는
그런 표정表情인데

그 몸
전부 비우고 나면
맑은 하늘 눈 부신 햇살이
웃으며 쏟아지겠지

보온병(保溫瓶)

한나절이 지났는데도
한 잔 물이 따듯하다
돌아서면 식어버리는 세상
감사한 마음 느낀 지 언제인지
깜깜한 기억의 언저리
가슴이 차갑다
사랑도 의리도 은혜도 다 거기서 거기
머리 꺼먼 짐승은 도와주지 말아라
그런 이야기 실감이 날 때쯤
또 한 잔 물을 마셔본다
아직도 따듯하다
이만큼이라도
보은報恩의 마음 가져본 적 있던가

골다공骨多空

허공의 결실을 본다

구멍이 숭숭한 연뿌리
무심코 넘겼는데
알고 보니 사유가 있었네

자비에 가득한 그 꽃
그냥 피는 것이 아니었어

꽃의 뿌리
시궁창 속에서 허공을 품었으니
몸을 비우고서야
그 꽃 피웠다

오늘을 산다는 우리들
나의 뿌리 어떤지
내려다보기나 하였는가

삶이 진흙탕인 어머니
뼛속 마디마다
구멍이 숭숭한 허공이었어

이놈이
무슨 꽃이라고

세월이 그토록 빠른 것은

여보
세월이 왜 이리도 빠르지
생각해보니 그럴 수밖에 없네

여보
우리 어릴 적엔 고향 가려면
어딘가 하룻저녁 자고 이틀이 걸렸어

그때는
버스도 기차도 모두가 느렸지

창가를 내다보며
꽃송이마다 나무 한 그루마다
눈을 맞추고 이야기를 하였지

그러니
세월도 그것을 아는 거야

유년 시절만 해도
한평생이 고작 70해였는데
이제는 100 해를 달리고 있으니

속도는 가속을 낳고
가속은 속도를 낳는 것이지

땅이 꺼져도

갑자기 다가서는 절망
뇌惱의 일식日食

블랙 대이black day 같은
그런 날이 온다 해도
당황하지 말자

캄캄한 시야視野도
익숙해지면 밝아지듯

들숨 깊숙이 마음을 두면
길은 제 모습 드러낸다

그런 순간이 한두 번이었나
무너지고 꺼지더라도
그래도 살아남았으니

그대 이름은 억새

노년이 아름다워야 한다고
그대는 말하고 있습니다
풋풋할 때는 그냥 지나쳤는데
꽃지고 잎 떨어지니 비로소 보입니다
억세게 버티어온 그 세월
은빛도 찬란하게 물결칩니다
허리 하나 굽지도 않고 넘실넘실
늦은 세월 구가하는 모습
우리들의 갈 길임을 알고 있습니다
춥고 어려울 때
손이라도 흔들어주는 그 배려
말 없는 힘입니다
산마루 위에서도 언덕길 비탈에서도
지나는 길손마다
안위하는 따스한 춤사위
안기고 싶어라
그대 품속 깊숙이
품속이 넓어야 아름답다는
그대는 이름하여 억새입니다

워낭소리

간결한 언어로
오라면 오고 가라면 가는
단순한 목소리

들리는 곳마다
간결한 워낭소리
소통의 원천입니다

소들을 산골짜기 깊숙이 풀어놓아도
마음 편하게 감자 사리도 즐기고
콩 서리도 하였지

소나무 아래서 달그랑거릴 때는
파리를 쫓는 망중한忙中閑
여름 한철 그늘을 즐기는 모습이었어

소리는 복잡할수록 소통이
에둘러져 어렵습니다

외마디 소리가
저 멀리 들리는 것은

단순하기 때문이지

워낭소리 가볍게 들려도
그 발걸음은
한결같이 무거웠습니다

동사凍死

산사과 한 그루
지난가을 많이도 달렸는데
삭풍이 불기도 전에 모두 떨어졌다
그나마 남아있는 몇 알들
나무 끝 높이에서 버티고 있다
까치밥이거니 하고 가상타 생각하였는데
첫눈이 내리고 나니 까맣게 얼었네
진작 내려올 일이지
계절이 바뀌어도 버티고 있었으니
미련하다 아니 할 수 없다
높은음자리
내려다보고만 살았으니
낙과落果는 죽기보다 싫어
때 늦어
제 몸은 얼려 죽이다니

너와 나 그 간격

탁탁 털었습니다
찬 바람 못 이겨 몸을 비우니
나뭇가지마다
앙상하게 간격이 열렸습니다

너와 나 사이
왜 그리도 톡탁거렸는지
간격이 생기니
나 홀로 외로워집니다

너무 가까워 톡탁거렸고
떨어져 외로웠습니다

이제 제 모습 알았으니
그 간격 좁히렵니다
뒤돌아보이는 것은
가지 끝 새들의 집
바람길 된 지 오래입니다

꽃보다 씨앗

산기슭 양지바른 비탈에
화사하게 누워있는
할아버지 꽃밭

돋보이는 꽃이 있어
물어보니 양귀비꽃이란다
아름다워 몇 포기 얻으려고
노인에게 여쭈었다

생각지도 않는 되돌이 말은
가을에 씨를 받으란다

아하 꽃보다 씨앗이구나

오늘날 바라는 것마다
수직으로 채워주는 선심
그 노인인들 왜 모르겠어

가랑잎 넋두리

산책길에 흐트러져있는 가랑잎
어느 것 하나
다르지 않게 말을 합니다

푸르렀던 청춘을
뜨거웠던 사랑을
못다 한 정열을

아쉬워 그리도 아쉬워
제 몸 오그라들어도
푸념은 눈시울 사이로 붉어집니다

밟으며 즐기는 사람아
그 소리 으스러지는 몸짓인 것을
이 몸 하는 말 듣기나 하는지
머지않아 티끌로 흩날려도
어둠이 앞을 가려도
별빛 따라 제 갈 길 찾으려니

국화菊花를 보노라면

아름답다 하지만
빈들에 너만 돋보이니
마지막 무대 같다

가꾸어온 결실들은 허공으로 자리하고
지저귀던 새소리는 바람 소리 되어간다

나뭇잎 떨어지니
하늘은 가지 사이로 열리고
국화는 말 없다 쳐다만 보네

노을이 하루를 알리듯
한 해를 마무리하는 국화
마지막 불꽃 같지만

쓸쓸해 하지 말자
그대 꽃 지더라도 시절만 바뀔 뿐
세월은 남아있으니

나무 하나 기울어져

이웃을 기대는 한그루 소나무
반듯이 서지 못하는 사유가 있었네
살펴보니 속심이 뿌러져있다

안쓰러운 마음 금할 수 없으나
이렇듯 살아있다니
마음은 짠해도 대견해 보인다

나무에 달여있는 비탈은
결손이라는 팻말
이웃도 외면할 수가 없었나 보다

안이 튼튼해야 외양도 번듯한데
가지는 뻗고 잎은 푸르나
안이 중심을 잡지 못하니 불안하다

그래도 버티고 있으니
역시 먹이고 살리는 것은 껍데기야
속살은 뿌러져 있어도

숲의 질서

나무들의 향연
나무들은 높고 낮음이 있어
조화롭게 숲이 되고 있다

질서란 제자리가 있는 것
큰 나무는 높은 자리
작은 나무는 낮은음자리

자리를 매기는 코러스같이
숲이란 여백을 내어주는
나무들의 질서

둥치를 미끈하게 올리는 것도
하늘 높이 가지를 치는 것도
작은 나무들에 주는 삶의 배려

배려는 여백으로
이웃에게 자리를 내어주는 것
아우는 삶터를 뒤돌아보는
우리들의 자리 터

알은 안에서 깬다

번뇌라고 해도 좋고
고통이라 해도 좋다
삶이란 그들 속에 있으며
삶을 이어가는 것은 그들이니
살아간다는 것은 그들의 결실이다
돛배가 나아가는 것은
파도와 바람의 결과물이듯
번뇌도 고통도 삶의 길잡이가 되는 것
고뇌는 내 안에 있어 안은 캄캄하나
스스로 그 문 열고 나오면 환희에 찬 삶
생의 의지가 되느니
알은 안에서 스스로 깨는 것
열려지는 문은 서성이기 마련
보호니 후원이니 그 모든 것
한계가 있어
과유불급을 생각해본다

단풍이 떫다

잎아!
그리도 붉으려 하느냐
한 해가 저무는 것인데
꽃이 붉어 부럽더냐
그 꽃 지고 나면 결실이라
몸은 더 무거워지는 것

잎아!
그 몸도 무거워
그렇듯 빨리 비우고 싶으냐
낙엽 되어 뒹굴다 보면
가랑잎 되는 것

밟히는 소리
서걱서걱
외롭고 아프다는 것

잎아!
좀 더 푸러르자
남은 해가 있지 않느냐

청산清算

아내가 사진을 정리하고 있다
분류한 사진들을 보니
사연들이 묻어난다
짧다고 생각한 지난 삶
사진들이 마디마디 생을 말하니
잊었던 세월이 길기도 하다
그 많은 시간 묻혀있었구나
젊었던 시절도 있었고 사랑했던 세월도 있었다
남의 삶을 보고 있는 듯 웃고 말하는 사진들
아내는 이제 버리려 한다
청산의 대상이 된 나의 삶
말리고 싶었지만 생각을 접었다
어차피 생의 뒤안길에서
버림받을 증표들이니

가을의 노래

가을에는 느리게 걷자
고개를 숙이는 결실
가벼이 걸을 수 없지 않느냐

걸을 때는 더 느린 '안단테'로
숲길에서나 들길에서나
쑥스러워하는 쑥부쟁이 모습도 보고
질리게 웃는 패랭이 모습도
들국화 들썩거리는 마음도 읽자

코스모스가 마음을 올리니
키라도 커야 하는 계절

누나야 바구니 가득
도토리를 주웠던 그 할머니
언젠가 묵사발도 푸짐도 하였지

호박엿 한주먹 바꾸러
맨발로 뛰어가던 그 시절
그 행복 어디로 갔는지

가을에는 머리가 무겁도록
지난날을 생각하자
설익은 생각일랑 숙성을 시키며

어버이의 포도밭

탐스럽게 포도가 익었다
가슴이 벅차다

등을 구부려 송이송이 따다 보니
푸념 어린 불평이 인다

나무의 키
왜 이렇듯 작은지
높이를 탓하는 나의 잣대

오늘의 눈높이
순간 잊었네

그 시절 어버이
키가 작았다는 것을

어버이는 이 나무 밑을
쫓아다니고 있었다는 것을

그늘의 뿌리

나의 길 산책길에
작열하는 햇볕
그늘의 뿌리가 수시로 움직인다

오전에는 오른쪽
오후에는 왼쪽
그늘을 쫓아 찾아드는 사람들

왼쪽 바른쪽
짙은 그늘만 찾아 들고 있을 뿐
무슨 그늘이든 상관이 없다

그늘을 움직이는 것은
태양 같지만

따지고 보면 그것도
세월인 것이니

9월

풋사과 한입 가득 물었다
시기도 하고
싱그럽기도 하다

나 그렇듯
일찍
사랑을 하였을까

그 사과
한 시절 빨갛게
익고 싶었을 텐데

돌아온 바다

파도의 말이 거칠다
거품을 물고 채근을 하는데
무슨 말을 하라는 건지
추궁을 하는 것 같다
이 땅을 떠났던 사연을 묻는 건지
멀리서 본 오늘을 이야기하라는 건지
파도가 철썩거릴 때마다
잘한 것인지 못한 것인지 아리송한 해답
섬 같은 외딴 이야기
주워 담을 수 없는 오늘의 나
어버이의 얼굴에
형제들의 모습이
친구들의 이야기가 넘실거린다
모두가 지난 이야기
파도는 기억을 못 하나
남아있는 흔적들

성형成型

낯설다
분명 그 얼굴인데
미인 같아 보기는 좋은데
정감이 가지 않는다
헤어졌을 때 그 모습
찾고 싶다
덧칠하고 덧칠한 모습
아무리 살펴봐도
그 골목은 간 곳이 없고
낯선 간판들
높은 빌딩 사이로
기억이 헤매고 있다
나의 추억을
나의 자취를
잡아먹은 개발開發
물어보아도 찾을 길 없어
따라만 가는
낯선 내비게이터

삶의 내비게이터

길섶 언저리
누워있는 저것은 한 마리 너구리
마음을 비운 모습이다
생전生前에 하고 싶은 것 어디 갔는지
얼마나 돌아다니고 싶고
먹고 싶고, 가지고 싶고, 사랑하고 싶었을까
생명이란 또 다른 언어로
욕구欲求를 말하고 싶다
생生은 자신이 뜻한 바 아니지만
원하는 것은 자기의 몫이었다
욕구의 내비게이터
길찾기 60년 그대의 모습은
길찾기 80년 그대의 자리 터는
낯선 지도 위에서
업데이트되지 않는 길 따라
삶을 더듬거린다
허용되지 않는 유턴 길에서

절벽

더 이상 디딜 수가 없어 버틸 수가 없어
수직으로 내리는 그 만남을 절벽이라 한다면
생각을 내려놓고 싶을 때가 있다

절벽은 내려다보기보다 쳐다보아야 하는 것
끝이 없어 보이는 하각下刻
쳐다볼 수만 있다면 고개를 들자
푸른 하늘 그 속에 그대 별이 있으니

절벽은 맞서는 것이거늘
불어오는 바람에
밀려오는 파도에
제 살 내어주더라도 정면으로 충돌하는 것

세월의 벼랑에 소나무 하나 걸치는 날
사람들은 쳐다볼 것이다
날갯짓하는 새들을 보며
바람을 맞이하고 파도를 사랑하게 되겠지

바람 속에 속살은 드러나고

한 그루 고목
폭풍우 속에 제 몸이 꺾였다

끽소리도 들리지 않았는데
부러졌으니
믿을 수 없는 것이 존재다

부러지고 나서
비로소 세상에 고하다니
그렇듯 속내가 비었을 줄이야

껍데기로 산 아버지
역시 무관심 앞에 있었어
기대기만 하였으니

믿는다는 것은 한순간
허탈 앞에 다가서는 것

치매 그 증상

길바닥이 깜박거린다
비 온 뒤라 정도가 심하다
간간이 고인 물에
주변 사물이 깜박거리는데
의문의 증세를 대변한다
가는 길은 언제나 익히 아는 길
깜박거릴 때마다
보일 듯 말 듯 한 여생의 길
생각하니 두렵기만 하다
멀뚱멀뚱거리는 할머니
그제는 잘도 알아보시더니
모른 척 먼 산을 본다
삶이란 언제나 길 위에 있으니

4부

그대
수선화로 피고

질경이

갓길에 서성이는 질경이
망부석이 되었다

기다리다 못해
따라나서고 싶은 마음
소매 끝이라도 부여잡고 싶다네

길은 사연을 덧칠하는 곳

생각이 푸르디푸른 질경이
속사정 한두 가지 아니겠지만
떠나지도 못하는 그들

어느 때인가 기회를 기다려
오래 버틸 일이다
버티다 보면 때가 오려니

몸가짐

마루턱에서
오가는 사람 바라보면
몸가짐이 돋보인다

오르는 자
고개 숙여 힘 다해 오르고

내려가는 자
머리를 쳐들고 배를 불린다

낮았던 몸가짐
배 밀고 고개 쳐들고 걸어가면
그 길은 내리막길

얼마나 두드렸던가

작약은 아직도 봉우리
필까 말까 하는데

꿀벌들이 때 이른 줄 모르고
한사코 문을 두드리고 있다

꽃은 저 혼자 힘으로 핀다고
그렇게 생각했는데 착각이었어

두드리면 열린다는
그 말씀 그들도 아는지
결실 앞에서 확신을 읊는다

원하는 것 얼마나 두드렸던가
믿음의 깊이가 의아하다

들꽃 길

들풀이라 하찮게 보여도
꽃을 피우면 꽃나무가 되느니

풀숲을 헤치고 피는 꽃도
제 몫이 있어 피는 것이니
꽃이 아니라 말할 수가 없다

밤하늘에 별이 빛나듯
그 모습 점점이 드러내니
암울한 길도 꽃길이 된다

들풀이라 무심코 지나쳐도
시절을 쫓아 꽃을 피우면
눈여겨보지 않을 수 없으니

벌 나비도 쫓아 아우는 그들
바람결에 향기도 날린다

눈길이 엷어도 꽃을 피우면
꽃나무가 되느니

이름이라는 것

이름이라는 것
둥근 것인지 각진 것인지
거추장스러운 것인지 편리한 것인지
사물 따라 느껴지는 생각이 다르다
더욱이 사람이라면
부르기도 전에 생각은 떠올라
틀 속에 갇힌다
그 이름 나에게도 있어 궁금하지만
나는 알지 못한다
어떻게 생긴 모습인지
부르는 사람의 가슴속에
각인된 그 이미지
한평생 이루어 놓은 결실 같은데
알 수가 없다
나의 것이 분명한데
죽어서도 남겨지는
스스로 알지 못하는 나의 이름

내 마음은 호수

호수를 보노라면
나에게는 마음으로 자리한다

물의 얼굴은
마음속으로 들어오는 거울
꾸밈이 없다
해도 달도 제모습 탓하지 않으니
뉜들 마음을 담지 않으리

시샘은 바람으로 주름져 스칠 때마다 몸을 접고
던지는 돌 하나에도 파문은 모른다 하지 않으니
거짓 없는 그 모습
한고비 지나고 나면 그리도 태연한지
높낮이가 없어 찾는 이마다 편안하다

들여다볼수록 마음의 깊이를 재는
호수는 마음의 본향
호수가 되고 싶은 나의 마음

가는 길이 뻔할 때

다리 위에 서서
흐르는 물을 보노라면
다가서는 물은 어딘가 궁금하다
어디서 오는 것인지
어떻게 오게 되었는지
층층이 길목마다 그 사연 다르리
황토물이라면 더더욱 궁금하다
돌아서 내려다보면
그 물 어느덧 내려가고 있다
내려가는 물은
아무리 보아도 궁금하지를 않네
어차피 바다로 가는 것이니
가는 길이 뻔할 때
관심은 사라지고

바람 앞에선 우산

비가 바람을 물고 온다
우산을 펴기는 하였는데
수시로 바뀌는 바람의 방향
왼쪽인가 싶으면
오른쪽이고
오른쪽이다 싶으면
어느덧 왼쪽이다
바람 따라 춤을 추다 보니
팔이 아프다
쳐다보니 어깨 하나 축 처져 있으니
그것은 우산
결국 부러지는 것은
나의 우산이었어

민들레 그 웃음

오월이 되면 활짝 웃는 민들레
헤프다고 생각하지만
때를 가려 웃는다는 것 그대는 아시는지

키는 작아도 해를 바라기 하는 마음
어느 꽃에도 비할 바가 아니라는 것도

달빛 아래에서는 마음을 움츠리고
어둠이 내리면 웃음도 멈춘다는 것
그것도 아시나요

웃다가 지쳐 하얗게 변한 모습
온 세상 어디든 가려는 것이니

바람에 제 몸 날리려
오늘도 웃고 있습니다

선산은 아득하고

마지막 모습이 걱정일 때 살아온 육신은 번거롭다
봄맞이하려 겨울을 걷어차는데
눈살을 찌푸린 유체이탈 하나 실외기 덮게 아래 썰렁하네

제 몸을 드러내는 갈까마귀 한 마리
최후의 선택지로 택한 사유 앞에 가슴이 짠하다
하늘을 나는 그들을 보면 어디든 갈 수 있다고 생각했는데
어영부영하다가 이곳을 택하였나 보다
바람도 없고 몸 가누기 좋은 곳이라 등 따스하다 생각했으리
몸은 쇠잔하고 생각은 절박했으니
몸이나 우선 녹이고 보자 그러하다 영혼도 가출하였으리
영원으로 가는 순간을 누군들 알겠어
저도 세월 따라 몸집을 나름대로 고치고 다듬었겠지만
영혼이라고 새집 찾아 나가지 말라는 법은 없으니
선산은 아득하고 더구나 멀기만 하니

그리도 다급한지

개울이 수평을 넓혔다
부푼 몸집은
지난밤 추적거리던 비
떼를 지어 쏜살같이 내려간다
험상궂은 얼굴이다
내리막길은 가속이 붙어
다리도 넘고 갓길도 찔끔거린다
가는 길 스스로 채찍질하지만
결국은 호수나 바다이려니
그 길 따라 세월도 덩달아
다급하기는 마찬가지
꽃피고 낙엽 지고 눈 내리니
무엇이 다를까 하지만
흔적은 주름으로 살결 졌으니
그 모습이 거칠기만 하다
갈 곳이 있기는 한지
세월의 그 바다는 어디려나

벚꽃 나들이

오월 어느 날 토요일
토론토 하이팍 공원에는
하늘이 훤하다
팝콘이 하얗게 터지는 듯
그 소리 또한 요란하다
꽃피는 소리라기보다
흩어졌던 말들이 다시 모여
바벨탑을 맴돌듯
저마다 재잘거리니
꽃들이 내려다보고 웃는다
무슨 소리인지 알지 못하나
가슴속으로 쏙 들어오는
귓속말 하나 있으니
그것은 한국말
마음속 깊이 파문을 일으킨다
꿈틀거리는 나의 정체성

자목련 붉게 피니

주먹을 불끈 쥐고
하늘에 문양을 찍은 그대
그 손 활짝 펼 때
붉게 솟구치는 불꽃은
적막을 깨었던 지난밤의 마그마
성질이 불같아 잎새도 트기 전에
허공에 열기를 뿜어낸다
목격자가 없는 역사는 간밤의 일
개화의 진통을 보지 못하였다
새벽을 깨고 불현듯
창가를 서성이는 눈길에
섬광같이 가슴을 밝혔으니
암울한 기억은 찰나적 소멸로
감탄은 환희의 연속이려니
봄 여름 가을
이제 즐길 일뿐이려나

잡초

너는 언제나 발밑에 있었다
밟혀도 말이 없어
밟고 또 밟았다
뒤돌아서 다시 보니 또 일어서네
겨울이 지나고 봄이 되어도
다시 보게 되니
죽었다 생각하였는데 또 밟게 되네
너에게 물어보고 싶다
뒹구는 나무를 보면 생의 끝으로 보이지만
죽은 듯 보이는 너는
죽어도 또 살아나는 불사조
밟힐수록 생은 영원하나 보다

그대 수선화로 피고

하얗게 노랗게 풀숲 위를 날으는
그대는 봄인가요

작은 몸짓일지라도
다소곳이 고개를 숙이니
자존이 돋보입니다

꽃들이 붉다 하여
저마다 정열을 노래하지만
밖으로만 보일 뿐

수선화로 피는
그대 모습 고결하니
보는 이 마음도 경건합니다

순결은 속으로 피는 불꽃이며
묵언으로 다가서는 눈길입니다

존재도 보람이 있어야

방안 가득히 웃음 짓는
그 빛 못 이겨 문밖을 나섰다
생각과 달리 바람이 거세다
아내 꽁무니를
뒤쫓기만 했던 보폭이
앞서가는 자신을 발견하였을 때쯤
그녀의 말이 들려온다
당신 뒤에 서니 바람을 덜 타네
순간 어깨가 으쓱하다
아직도 쓸만하구나
바람막이라도 된다고 하니
존재 앞에 의미를 새겨본다
나는 생각한다
그러므로 존재하는 것이 아니라
삶의 의미는
보람 앞에 서는 것이라는 것

사진 속 나를 보며

나는 나와 멀리도 있었다

한세상의 아득한 거리
거울만 보면 어디서 본 듯한
착각이라는 낱말로 위로하였다

가슴속 자리하고 있는 나는
나름대로 표상으로 자리하는 것
그것은 마음뿐이었어

눈살의 깊이와 온도는
밖에서 자신을 현상하며
귓속말로 수군거렸다

사진 속 나를 보면
밀려오는 씁쓸한 회한悔恨
갓 찍힌 사진 속에서 불거진
믿어지지 않는 내면이 거울로 선다

마음이란
시간을 모르는 별나라 나그네

새싹은 또 일어나고

낯익은 얼굴이다
지표를 뚫고 빼꼼히 내미는 새싹
눈웃음을 짓고 손짓을 한다
반갑다 아니 할 수 없네
연초록 여리디여린 얼굴
거듭나서도 서로를 알아볼 수 있으니
원천에 사유가 서네
우리들의 정체성은 뿌리에 있으니
어디서 태어나든 딛고 설 땅은 있다
뿌리만 잊지 않는다면
언젠가 싹은 트게 마련이니
묵정밭일지라도
언덕배기라 할지라도
바람을 이기고 눈짓을 할 때
모른다 할 수 없으려니

삶이란

흐르는 물
까닭도 없이 흘렀을까
바닥의 기울기를 볼 일이다
휘몰아치는 바람도
그들이 사는 동네에는 고저가 있다
들고 나는 것이 햇볕이라 하지만
명암도 피사체의 각角이려니
굴곡이 있는 우리들의 삶도
수많은 고비를 흐른다는 것
밑바닥 발치에 촉각을 세워보자
굴곡은 삶의 원천이며
고비를 넘는 것이 삶 그 자체일진대
바닥의 몸짓을 볼일이다
아름답다는 것은
훗날 뒤돌아보는 모습이려니

먼지가 뭐길래

　먼지가 날아든다 눈살을 찌푸리는 사람들 보기가 무섭게 닦고 쓸어낸다 클린룸이라는 공간은 반도체 제조공정에서 필수로 요구되는 절대적 과정 캄캄해서 아무것도 볼 수 없단다 사유인즉 먼지가 없어서 빛을 반사할 수 없기 때문이라니 사물을 볼 수 있는 것이 먼지 때문이라네 당신을 볼 수 있는 것도 먼지 덕이라는 말인데 하찮은 삶도 그대 모르는 가치가 있다는 것 오롯이 빛만 고마워하며 살아왔다니 빗방울이 떨어지는 것도 먼지 알갱이에 부착된 수분의 무게 때문이라네 도대체 이로운 것은 무엇이고 해로운 것은 무엇이란 말인가 정녕 맑은 물에는 물고기가 살 수 없다는 말인가

사월 어느 노을

해를 잡고 있는 노루꼬리 낑낑거리다 보니 열이 올랐는지 산등성이가 불그레하다

물끄러미 쳐다보는 물거울도 그림자를 붉게 내어주니 호반의 벤치는 외롭지 않네

뭇새들은 애끓듯 노래 부르고

물비늘 위로 연착륙하는 새들의 날개 아래 사월의 노래가 미끄러진다.

서산은 해를 받아주려 하고 물은 가지 말아라 하니 해는 머뭇거리기만 한다

미련은 해만의 몫이 아니다.

노을을 보는 자들도 한마음으로 붉어지는 눈시울

목련도 못 이겨 피려 하느니

144

사마리야

돌이 날아간다
나도 던졌다
덩달아 너도나도 던진다
바람의 눈
명중은 그들의 표적
검은 돌 흰 돌 가리지 않고
바람이 원하는 방향으로
카인의 돌도 아벨의 돌도
던져졌다
공중에 날으니
모두가 희게 보인다
착시현상은 순자荀子의 언어
그리스도는 부재중이니
마음껏 던지고 볼 일이다
돌무더기 하나 생겼다
문패도 없는
그 이름 503번
바람이 웃고 있다
　　　* 503번: 박대통령 수인번호

동백꽃

절정에서
붉게 수직으로 떨어지는
그것이 끝이 아니라는 듯
그래도 웃고 있는 낙화落花

시들어 떨어지기보다
싱싱한 모습으로 떨어졌으니
곁눈질도 아니 하겠는가?

남들은 겨울이라 하지만
먼저 피어 봄을 구가하니
피어서도 쳐다보이고
떨어져도 내려다보인다

시선視線은 느슨하여
돌아서는 열정으로
밟히는 꽃들이니
뒤늦어 다투어 피려니

일출

기쁘나 슬프나
눈시울이 붉어진다

하루가 태어나는 산고 앞에서
선혈은 붉게 흐르고
밤은 무거운 몸을 벗고 있다

지평선 끝 어딘가
불쑥 해오름이 온다

순간 멍치에 치미는 용솟음치는 알불
저렇듯 힘들게 하루를 분만하고 있다니

그 소중한 하루가
나에게도 주어지고 있으니

그 시간이 헛되지 않도록
시시각각 곱씹어며
삶을 헤아려본다

해빙解氷

얼음아 옷을 벗어다오
새들도 목을 적시려 다가선 지 오래다
주는 마음은 다가설 때도 때늦지 않으니
흐르고 싶은 마음 모두가 안다
나무는 발이 길어 밑물 찾아 제 몸 추스르지만
잡초는 고사하고 뭇 새들 또한
부리는 여리디여려 어림도 못 내고 있다
스스로 풀린다는 것은 남의 원도 푸는 것이다
유빙으로 남아 버티어본들 그 흐름
어떻게 이길 수 있겠느냐
그대 물이라는 것을 자신이 알지 않느냐
목마른 자 우물을 파게 마련이지만
잔설도 산기슭을 이제 내려오고 있으니
모두는 지친 그 마음 풀고 싶으니

무리해

환일幻日이라고 도 한다
생소한 이름 얼음 탓이라고 하니
가슴을 만져본다
아직도 내 가슴은 따스한데
길조인지 흉조인지 알 수 없으나
괜스레 불안하다
얼음공주라고 불리는 그 이름
우연이라지만 그날
2017년 3월 21일 아침
수많은 플래시가 터지고
부석사에는 해가 세 개가 떴다
일명 "무리해"라고 부르지만
무엇이 무리인지 알 수 없다
그중 하나는 분명 진짜일 텐데
어깨도 마음도 무겁다
선택은 후회 앞에 있는 것이니

무지개

햇살이 열이 오르니
마음이 풀린다
가슴안으로 하늘이 들어오네
마음껏 마셨다
나무야 너도 마시려무나
우듬지 끝까지 마셔라
하늘 그 색깔 푸르기만 하드냐
시작은 연초록이나
각가지 색으로 되살아나는 것을
하늘의 마음
빨주노초파남보
물을 만나 스스로 보이니
무지개였어라
그 속내를 비로소 알게 되네

꽃 앓이

매화꽃 한 잎 떨어져
울림이 크다
연못에 떨어졌으니
점점 커지는 물비늘
나래를 펴니
제 몸보다 더 큰 꽃잎을 그린다
숙명이라면
감수해야 할 낙화
메아리 따라 뒷모습이
너울지고 싶어라
여운이 아름다울 때
뉘인들 꽃앓이 아니할까

눈이 내리니

펄펄 함박눈이 내린다
무늬들을 모두 삼켜버린 흰색들
오로지 제 모습만 밝다
흐릿한 시야는
태곳적 비밀을 간직한 듯 음산하기만 한데
피어오르는 안개 속에서
우듬지 난간들만 스산하다
배경이 된 흰 눈들
한 장의 화선지로 온 누리 덧씌웠으니
한그루 동목 그림으로 다가선다
배경이 되고 싶다
아니 그림이 되고 싶다
걸어온 길 뒤 돌아보니
눈 위에 흔적이 된 나의 발자국
외로이 선명하다
그것도 누구에겐 그림이 되려나

봄 봄 봄

동목冬木이 말을 할 때
우리는 봄이라 한다
묵언으로 직립하는 겨울을 보면
속조차 없다고 여겨져
그 뜻 헤아리지 못했다
초록을 앞세우고 환하게 속내를 보일 때
비로소 봄이라고 하지
그대가 웃을 때 나는 나의 존재 앞에 선다
말없이 서 있는 동목冬木
겨울을 묵언으로 대변하고 있었어
얼었던 말들이 제 몸을 풀면
그 소리 요란하다
광장을 메우고
거리로 쏟아져나오지
나는 비로소 생기를 느끼지

명중

산책길에 나서니
추위가 바람을 타고 스며든다
벙거지 모자를 푹 눌러 쓰니
좁아지는 시야 소리까지 덮이네
오솔길 후미진 곳에 들어서니
바람은 자고
온기가 되살아나 모자 깃을 올렸다
갑자기 밝아지는 눈
풍광風光들이 한눈에 들어온다
귀가 열리니 한층 밝아지네
참선 속에서도 보이는 사유가 선다
과녁을 향한 화살은
눈만으로 겨냥하는 줄 알았는데
몸도 이미 보고 있었어
티샷 박스에 들어설 때
공은 이미 제 갈 곳을 알았던 거야
명중命中은
그만이 아닌 우리 모두의 기여인 것을

시제詩題 앞에서

죽은 시제詩題 앞에서 읍소를 한다
신기루같이 보일 듯 말듯
놓치지 않으려 시상詩想을 물고 늘어졌으나
서툰 솜씨로 만지작거리다가
기형으로 태어났어
거목이 되었을 너
참모습과 멀어져 있다
잘못은 착지에 있는 것
씨는 아무 곳이나 뿌리는 것 아니다
몸통이 왜소한 너는 머리가 큰 과분수야
마렵다고 나오지 않는 몸통
억지로 당겼으니
팔다리가 흐느적거릴 수밖에 없지
거추장스러워 주체를 할 수 없었으니
애당초 품지 말아야 할 분수였어
퇴고推敲의 결과도 가마솥 나름
도공들의 마음을 붓끝에 태워본다

통나무

버려진 통나무들
산기슭은 외롭지 않다
껍질만 벗기고 해골만 남았는데
담겼을 불꽃은 어디로 갔는지
아궁이로 회귀하여야 할 그들
두견새 소리 서럽기만 하다
에너지 불변
그 법칙이 색이 바래지 않았다면
공간으로 흙으로 흩어졌을 그들을
두리번거리며 불러본다
산에 들에 피는 꽃은
겨우내 잠들었던 불꽃
원천은 통나무이니
하늘과 땅이 말을 한다

잊혀진 것에 대하여

버려진 것들 속에는 공허가 깊다
돌보지 못해서가 아니고 돌아보지 않아
기억 밖에서 머물러 왔을 그들이다
나의 집, 나의 폐교, 나의 블로그
버려진 세간살이, 버려진 책걸상, 버려진 글들
어느 편에 몸을 맡기고 나는 있었던가
멀어졌던 시간을 마주하려
싸한 가슴 앞에서 다시 만나니
그들이 다가선다
산고를 되살리면서
핏줄이 당기는 유전자로
잊힌 사람들은 접어두고
산천들 그대로 있거니 믿었는데
산 그림자도 없어졌다
지친 햇살이 꺾이기 거듭거듭
버려져 있는 것들에 허공은 더 깊어졌으니
사라진 나의 지문을 들여다본다

살며 흐르며

다리 위에 서서
내려오는 물을 보면 어떻게 예 왔나 싶고
내려가는 물을 보면 편히도 내려간다 싶다
오늘에 살면서
지난 세월 생각하면 아득하기만 하고
남은 세월 생각하면 그리도 빠른지
나무가 되고 싶다
가는 세월 쳐다만 보고
달이 비치면 어떻고
새가 앉으면 어떡하리
발이나 쭉 벗고 마음껏 목을 적시며
스치는 바람결에 소식이나 듣고 싶다
청설모가 나무를 오르는 것도
그 나름으로 삶이려니
산기슭 머뭇거리는 잔설아
이제 옷을 벗고 마음도 풀고
물결 따라 세월을 즐기자
게울 때라 물결이 웃는 것은
돌부리 때문인 것을

팔랑개비

거리에 나서면 어지럽다
세상을 돌리는 팔랑개비들
어디로 가는지 분주하기만 하다
밑을 보고 살라는 그 말에 기우는 초점
마음도 몸도 다 같이 돈다
하이웨이 무대는 높은음자리
빠른 팔랑개비들의 세상
바람개비를 쫓았던 시절
속도는 나와 정비례였었지
높은 숫자 앞에서 좁아지는 보폭
굳이 탓을 한다면 세월이라는 것
달리며 힐끔거리니
마음만 급한 지난날의 바람개비
반비례가 본업本業이 되었어
연륜年輪은 내공內功으로 돌아가는 바퀴
바람은 약해지기만 하니
다그치는 충전경고充電警告에
맥박은 높아지기만 하고

송용일 시집

바람의 넋

—